SUCCESSION

DE

Madame Veuve Marie BLANC

BEAUX BIJOUX

BOITES & TABATIÈRES

NEUVIÈME VENTE

A PARIS

DES PRESSES DE D. JOUAUST

Imprimeur breveté

RUE SAINT-HONORÉ, 338

CATALOGUE

DES

BEAUX BIJOUX

BELLE BROCHE, FLEURS ET FEUILLAGE EN BRILLANTS

SUITE DE BOITES ET TABATIÈRES EN OR ÉMAILLÉ

ENRICHIES DE BRILLANTS ET ROSES

PENDANTS DE COU, BROCHES, MÉDAILLONS, COLLIERS, RIVIÈRES, BRACELETS,

DIADÈMES, PENDANTS D'OREILLES, BOUTONS DE CORSAGE, CROIX, BAGUES, FLACONS, CHATELAINES

SOUVENIRS ET AUTRES BIJOUX

Enrichis de

BRILLANTS, ROSES, PERLES, SAPHIRS, RUBIS, ÉMERAUDES

ŒILS-DE-CHAT, TURQUOISES, OPALES, CAMÉES, ETC.

Dépendant de la succession

DE MADAME VEUVE MARIE BLANC

Et composant la

NEUVIÈME VENTE

Qui aura lieu

HOTEL DROUOT, SALLE Nº 3

Les Lundi 6, Mardi 7 et Mercredi 8 Mars 1882

A DEUX HEURES

COMMISSAIRES-PRISEURS

Mᶜ ESCRIBE		Mᶜ PAUL COUTURIER
Rue de Hanovre, 6		Boulevard des Italiens, o

EXPERTS

M. A. BLOCHE		M. Cʜ. GEORGE
Rue Laffitte, 44		Rue Laffitte, 12

EXPOSITIONS

PARTICULIÈRE		PUBLIQUE
Le Samedi 4 Mars		Le Dimanche 5 Mars

DE UNE HEURE ET DEMIE A CINQ HEURES ET DEMIE

PARIS — 1882

CONDITIONS DE LA VENTE

Elle sera faite au comptant.

Les Acquéreurs payeront, en sus des adjudications, CINQ CENTIMES PAR FRANC applicables aux frais.

L'Exposition mettant les Amateurs à même de se rendre compte de l'état des objets, aucune réclamation ne sera admise une fois l'adjudication prononcée.

LE PRÉSENT CATALOGUE SE DISTRIBUE :

à PARIS . . . . . . Chez Me ESCRIBE, Commissaire-Priseur, rue de Hanovre, 6;

— . . . . . . — Me PAUL COUTURIER, Commissaire-Priseur, 9, boulevard des Italiens;

— . . . . . . — M. A. BLOCHE, Expert, 44, rue Laffitte;

— . . . . . . — M. CH. GEORGE, Expert, 12, rue Laffitte;

à LONDRES. . . . — M. ÉDOUARD JOSEPH, 158, New Bond Street;

— . . . . — M. GEORGE DONALDSON, 106, New Bond Street;

à FRANCFORT. . — MM. GOLDSCHMIDT sur la Zeil (Hôtel de Russie);

— . . — MM. LOWENSTEIN frères, 4, Kaiser Strasse;

à AMSTERDAM. . — M. BOAS-BERG, Kalverstraat;

à LA HAYE . . . . — M. SARLUIS, 33, Spuistraat;

à BRUXELLES . . — M. TH. STROOBANT, 9, boulevard d'Anvers.

DESIGNATION

1 — Belle Broche de corsage en forme de branche de
fleurs et feuillage en brillants avec pendeloque
formant le cœur de la fleur principale.

2 — Pendant de cou avec bélière, à ornements ajourés,
tout en brillants, enrichi au centre d'un gros
brillant noir.

3 — Broche forme libellule, le corps tout en brillants,
les ailes en roses et les yeux en perles.

4 — Pendant de cou, forme églantine, avec bélière, en
brillants et roses.

5 — Un petit Médaillon tournant forme pendentif,
entourage et nœud en roses et brillants.

6 — Pendant de cou forme fer à cheval avec bélière en
brillants.

7 — Autre Pendant de cou dur sur modèle plus petit.

8 — Broche forme nœud en brillants avec frange en
roses.

9 — Broche à rinceaux et pendeloques en brillants et
roses.

10 — Broche en forme de nœud en brillants.

11 — Petit Médaillon forme cœur surmonté d'une étoile tout en brillants et roses.

12 — Milieu de Collier formé par trois rosaces en roses reliées par une guirlande de feuillage en brillants et roses.

13 — Deux petites Broches en forme de croix carrée en brillants et roses.

14 — Broche formée d'une plume en roses.

15 — Collier à deux rangs de roses entrelacées enrichi de dix chatons en brillants et de pendilles composées de trente-cinq chatons en brillants.

16 — Rivière composée de quarante-six chatons en brillants montés à griffes.

17 — Paire de Pendants d'oreilles composés chacun de deux brillants jaunes entourés de brillants blancs avec brillant d'entre-deux.

18 — Paire de Pendants d'oreilles composés chacun d'un bouton en brillant, d'un brillant d'entre-deux et d'une pendeloque en brillant.

19 — Paire de Boutons d'oreilles formés chacun d'un brillant de fantaisie brun entouré de dix brillants blancs.

20 — Paire de Boutons d'oreilles composés chacun d'une rosace pavée de vingt et un brillants.

21 — Paire de Pendants d'oreilles composés d'un haut
en roses avec pendeloque girandole en brillants
et roses.

22 — Paire de Boucles d'oreilles formées d'une guirlande de quatorze brillants.

23 — Paire de Boucles d'oreilles en forme de feuilles de
lierre pavées en brillants.

24 — Deux Pendeloques à feuillages en roses.

25 — Deux Boutons d'oreilles composés chacun d'un
brillant jaune entouré de dix brillants.

26 — Paire de Boutons d'oreilles composés chacun d'un
brillant solitaire.

27 — Deux Boucles d'oreilles forme fer à cheval ornées
de treize brillants chacune.

28 — Paire de Pendants d'oreilles avec pampilles tout
en brillants ornées de roses aux extrémités.

29 — Paire de Pendants d'oreilles forme poire à double
rang de brillants appendus à un brillant solitaire.

30 — Paire de Pendants d'oreilles en forme de croissant
en brillants, au centre duquel se trouve une étoile
composée d'un brillant et de roses.

31 — Deux Boutons d'oreilles formés d'un brillant solitaire monté à griffes.

32 — Paire de Boutons de manchettes pavés en brillants
sur or mat.

33 — Paire de Boutons d'oreilles composés chacun d'un brillant jaune entouré de dix brillants blancs.

34 — Paire de Pendants d'oreilles avec pampilles tout en brillants.

35 — Deux Pendants d'oreilles à pendeloques, composés de fleurettes et feuillages en roses.

36 — Deux Anneaux d'oreilles en roses.

37 — Deux Boutons d'oreilles en forme d'étoile à doubles rayons en brillants et roses.

38 — Paire de petits Boutons d'oreilles composés chacun d'un brillant solitaire.

39 — Bracelet enrichi de treize chatons en brillants.

40 — Bracelet en or émaillé noir forme mi-jonc enrichi d'un gros brillant.

41 — Bracelet composé de quarante-six brillants et de vingt-trois fleurons en roses terminés par une perle.

42 — Bracelet composé d'une petite grecque en roses.

43 — Bracelet en or enrichi de soixante-quinze chatons en brillants et roses sur fond de velours noir.

44 — Dix Boutons de corsage forme rosace en brillants.

45 — Croix formant broche enrichie de onze brillants.

46 — Petite Croix composée de sept brillants montés à griffes ornées de roses.

47 — Petite Croix en or rouge ornée d'une croix plus
petite rapportée et composée de six brillants
jaunes.

48 — Demi-Parure composée d'une broche à châle et
deux Boutons de manchettes en or rouge ciselé,
à mascarons de têtes de femme enrichis de
roses.

49 — Une Bague marquise enrichie de trente et un
brillants.

50 — Une Bague jonc de cinq brillants.

51 — Une Bague or à filets émaillés enrichie de trois
brillants.

52 — Bague jonc enrichie de six brillants.

53 — Diadème composé d'un rang de brillants surmonté de cinq palmes en brillants et perles.

54 — Collier composé de quinze appliques ornées chacune d'une perle entourée de demi-perles, de
sept pendeloques, perles avec calottes en roses
et de cinquante-huit autres perles rondes.

55 — Deux Pendants d'oreilles en perles.

56 — Collier à trois rangs de perles fines, avec plaque
de milieu enrichie de neuf roses, croix ornée de
onze roses et plaques de fermoir composées de
vingt-cinq roses.

57 — Collier à quatre rangs composés d'environ quatre
cent quarante-huit perles avec cadenas orné de
vingt perles.

58 — Collier d'un rang de cent quinze perles avec une
perle ovale pour fermoir.

59 — Une Broche formée de boutons de rose et feuillage,
les boutons en perles roses et le feuillage en
roses.

60 — Broche en forme de casque composé d'une perle
baroque avec visière et panache en roses.

61 — Broche médaillon, modèle rosace en or émaillé
bleu turquoise enrichi de perles et de roses.

62 — Broche forme branche de chêne en or, enrichie
de roses et de perles.

63 — Broche en forme d'araignée en or, rose et perle
grise.

64 — Un Pendant de cou en or poli avec ornementa-
tion en roses et perles et lettre R en roses sur
fond de lapis.

65 — Un médaillon or avec rosace et bélière ajourée
enrichies de roses, rubis et perles.

66 — Paire de Boutons d'oreilles composés chacun
d'une perle entourée de douze brillants.

67 — Paire de Boutons d'oreilles composés chacun
d'une perle entourée de dix brillants.

68 — Paire de Pendants d'oreilles forme coquille en
onyx avec brillant pendeloque, monture en or
enrichie de perles et roses.

69 — Bracelet en or poli enrichi de quatre barrettes en brillants avec perle grise forme bouton au centre et deux brillants montés à griffes.

70 — Bracelet à deux corps enrichi d'une perle blanche, d'une perle grise et de vingt brillants.

71 — Bracelet formé d'un ruban en or mat, avec plaque et barrette ornée de quarante et une perles et de petites roses.

72 — Bracelet porte·bonheur enrichi de sept perles rondes et dix-huit petits brillants.

73 — Bracelet en or, à ornements ajourés, en brillants et roses avec une perle blanche au centre.

74 — Trois Boutons forme fleurette avec pétales en brillants et perle au centre.

75 — Paire de Boutons de manchettes en or mat, ornés d'une étoile composée d'une perle-bouton et de roses.

76 — Trois Boutons de chemise ornés chacun d'une perle blanche.

77 — Parure composée d'une Bague et de deux Boutons de manchette modèle écusson émaillé sur or mat enrichi de perles.

78 — Paire Boutons de manchettes avec lettre M en relief enrichie de petites roses.

79 — Bague enrichie d'une perle et de douze brillants.

80 — Bague formée d'un trèfle composé d'un brillant et de trois perles, l'une noire, l'autre blanche et la troisième rose.

81 — Bague ornée d'une perle noire et de douze brillants.

82 — Une Épingle de cravate enrichie d'un brillant solitaire et d'une perle poire.

83 — Épingle ornée d'une perle rose supportée par un culot en roses.

84 — Une Épingle de cravate forme couronne en roses et perles.

85 — Bracelet or mat enrichi d'un gros saphir et de deux brillants.

86 — Broche Pendant de cou composé d'un gros saphir avec double entourage de brillants. Bélière en forme de fleurs de lis en brillants.

87 — Paire de Boutons d'oreilles composés chacun d'un gros saphir entouré de douze brillants.

88 — Bracelet forme orientale en or poli enrichi de deux saphirines coniques entourées de vingt-six brillants et vingt-six rubis.

89 — Bracelet enrichi de neuf saphirs avec entre-deux en petits brillants.

90 — Bracelet porte-bonheur en or orné de dix-sept saphirs cabochons montés à griffes ornées de petites roses.

91 — Médaillon en forme de cœur avec bélière composée d'un saphir avec trèfle, entourage en
brillants.

92 — Médaillon en or mat avec fer à cheval en brillants et saphirs.

93 — Une Bague deux corps enrichie d'un saphir
entouré de quatorze brillants et de quatre
brillants sur le corps.

94 — Une Bague enrichie d'un saphir entouré de
douze brillants et de deux brillants sur le
corps.

95 — Bague ornée d'un saphir cabochon entouré de
dix brillants.

96 — Bague chevalière en or enrichie d'un saphir
cabochon.

97 — Un Carnet de bal en ivoire, enrichi d'une
applique composée de quatre saphirs et de
roses, et orné aux angles de branches de
fleurs. Chaînette et Bague ornée d'un grenat
cabochon et de deux roses.

98 — Flacon à odeurs en cristal avec bouchon en or
enrichi d'un fer à cheval en brillants avec un
gros saphir cabochon au milieu.

99 — Épingle de cravate forme fer à cheval enrichie
d'un brillant et de six saphirs.

100 — Demi-parure composée d'un Pendant de cou et d'une paire de Pendants d'oreilles, composée de sept rubis dont trois pendeloques avec entourage et entre-deux en brillants.

101 — Broche forme croissant en brillants et rubis, traversée d'une flèche en rose, avec nœud en roses entourant un brillant solitaire placé au centre du croissant.

102 — Broche composée d'une mouche posée sur une branche en rubis et roses.

103 — Bracelet en or formé d'un treillis enrichi de rubis et de onze rosaces en brillants avec perles grises.

104 — Bracelet porte-bonheur en or orné de dix-sept rubis cabochons montés à griffes ornées de petites roses.

105 — Bague ornée d'un rubis entre deux brillants pendeloques.

106 — Bague ornée d'un rubis et de six brillants.

107 — Paire de Boutons d'oreilles composés chacun d'un rubis carré entouré de douze brillants.

108 — Paire de Boutons d'oreilles forme fer à cheval en or mat avec clous en rubis.

109 — Flacon à odeur en cristal, avec bouchon modèle fer à cheval enrichi de clous en roses et rubis alternés.

110 — Broche composée d'une émeraude entourée de deux rangs de brillants.

111 — Médaillon ovale avec bélière, enrichi au centre d'une émeraude entourée de trois rangs de brillants.

112 — Une Broche russe composée d'une émeraude cabochon avec entourage ajouré en roses bordé de brillants, et d'un pendant formé d'une pendeloque mobile en émeraude entourée de brillants, surmonté d'un brillant d'entre-deux et d'un ornement composé de trois brillants.

113 — Bracelet à trois corps en brillants enrichi de sept pierres détachées montées à griffes (deux brillants, trois rubis et deux saphirs).

114 — Médaillon rond orné au centre d'une perle grise entourée de huit fleurs de lotus en rubis et roses.

115 — Médaillon rond avec rosace en perles, émeraudes et rubis.

116 — Broche formée d'une flèche-oriflamme en saphir, brillant et rubis, monture enrichie d'une perle blanche et de petites roses.

117 — Flacon à odeurs en cristal, avec bouchon en or, enrichi de clous en brillants, saphirs et rubis alternés.

118 — Paire de Boutons de manchettes, ornés d'un
saphir cabochon entouré de rubis sur or mat.

119 — Bague enrichie d'un saphir et d'un rubis cabochon.

120 — Bracelet en or, enrichi d'une plaque offrant au
centre un œil-de-chat entouré de quinze brillants, le corps est orné de deux chutes formées chacune de trois brillants et cinq roses.

121 — Bracelet en or mat orné d'une applique composée de trois œils-de-chat entourés de brillants.

122 — Paire de Boutons d'oreilles composés chacun
d'un œil-de-chat entouré de quinze brillants.

123 — Deux Boutons d'oreilles composés chacun d'un
œil-de-chat entouré de brillants.

124 — Paire de Boutons d'oreilles composés d'un œil-
de-chat entouré de roses, monture en or à
filets d'émail noir.

125 — Médaillon en or mat enrichi au centre d'un œil-
de-chat entouré de brillants.

126 — Pendant de cou formé d'une plaque ovale toute
pavée en brillants sertis en spirale avec une
turquoise au centre et ornés de pampilles en
brillants.

127 — Pendant de cou de style égyptien avec applique
et pendeloque en turquoises, entourage, ornements et bélière enrichis de roses et rubis
cabochons.

128 — Un Bracelet châtelaine avec Bague et trois Médaillons en or mat enrichi de turquoises, perles, roses et brillants.

129 — Paire de Pendants d'oreilles à pendeloques, composés chacun de deux turquoises entourées de brillants et d'un entre-deux de deux brillants.

130 — Paire de Pendeloques composées chacune d'une turquoise entourée de quatorze brillants.

131 — Une Bague et une paire de Boutons d'oreilles, enrichis d'une turquoise entourée de brillants.

132 — Bague ornée d'une turquoise entourée de dix brillants.

133 — Bague ornée d'une turquoise entourée de douze brillants et de roses.

134 — Bague ornée d'une turquoise et de douze brillants.

135 — Bague ornée d'une turquoise entourée de roses.

136 — Paire de Boutons de manchettes en or mat enrichi de turquoises.

137 — Applique composée d'une opale ovale entourée de seize brillants.

138 — Un Bracelet souple à maillons, en or, orné d'une topaze gravée à armoiries, chaînette ornée de trois topazes taillées.

139 — Paire de Boutons d'oreilles en grenat, cabochon
avec double entourage en brillants.

140 — Broche ornée d'une améthyste entourée d'étoiles
avec pendilles en roses.

141 — Bracelet en or mat, modèle fer à cheval, entouré
de clous en améthys..

142 — Épingle avec lettre B en brillants et pierres
tables.

143 — Bracelet en or mat à deux corps orné de grec-
ques en émail noir et de quatre médaillons
camées durs enrichis d'ornements en brillants.

144 — Pendant de cou en or, à ornements ajourés, de
forme octogone, offrant au centre un camée
ovale à deux couches, représentant une Bac-
chante. Bélière et encadrement en roses. Pendeloque formée d'une perle.

145 — Broche ornée d'un camée dur à deux couches
entouré d'une perle blanche et de quatre
trèfles en roses.

146 — Une Épingle de cravate ornée d'un camée sur
saphirine entouré de roses.

147 — Une Épingle forme cœur ornée d'un camée sur
turquoise entouré de roses.

148 — Deux Boutons de manchettes, camées sur cor-
naline, avec incrustations de roses et second
entourage en perles.

149 — Une Parure or ornée de mosaïques de Venise à masques antiques et ornements, composée de : un collier, deux pendants d'oreilles et un bracelet.

150 — Paire de Pendants d'oreilles en corail rose avec entourage en roses.

151 — Paire de Boutons d'oreilles en corail rose entourés de roses et brillants.

152 — Une petite Harpe en or émaillé de Genève contenant une Montre et une Boîte à musique.

153 — Une Châtelaine avec montre de dame, clef et cachet en or émaillé à ornements ajourés et enrichie de perles.

154 — Un Flacon double représentant deux gourdes accouplées en or émaillé, style chinois. Travail de Falize.

155 — Bracelet en or ajouré enrichi de roses et de trois peintures sur émail à figures de Flore et Amours.

156 — Une Épingle boule en or émaillé et peint à sujets Watteau.

157 — Une Broche et deux Boutons de manchettes ornés d'un nicolo entouré de roses sur fond d'émail noir.

158 — Une Châtelaine avec Chaînette, Porte-monnaie, Miroir, Cassolette et Canif, en argent et or de style Renaissance, chiffre **M B.**

1 59 — Une Châtelaine en argent ciselé et doré en partie avec Écusson portant le chiffre **M B** sur fond de lapis, (signée) Fannière.

160 — Un Miroir de poche forme ovale en or ciselé semé de Pois, bordure à guirlande de roses en or de couleur.

161 — Paire de Boutons de manchettes et garniture de quatre Boutons de chemise en or mat émaillé à têtes de chérubins avec ailes en roses.

162 — Paire de Boutons de manchettes en or enrichis d'un bouquet de fleurs en argent ciselé sur fond de lapis.

163 — Médaillon en cristal entouré d'un serpent en or émaillé bleu avec yeux en roses.

164 — Broche forme barrette en or avec boules en lapis aux extrémités et torsade garnie de petites perles.

165 — Broche forme cravache en or avec petite perle à une extrémité.

BOITES ET TABATIÈRES

166 — Boîte plate rectangulaire en or de couleur ciselé à cordons et palmettes : le dessus est orné d'un émail de Genève représentant les Joies de la famille, entouré de brillants et de huit chatons.

167 — Tabatière rectangulaire or de couleur ciselé. Le dessus est orné au centre d'un médaillon en émail peint de Genève, représentant un paysage, entourage en brillants et quatre gros chatons en brillants.

168 — Une Boîte plate or ciselé et émaillé, ornée sur le fond et les côtés de paysages. Le dessus est orné d'une miniature, portrait du duc d'Orléans, par Mme d'Aubigny (signé), entourée de vingt-six brillants et de quatre chatons en brillants dans les angles.

169 — Une Boîte plate or émaillé. Le dessus est orné d'un médaillon au chiffre du Sultan et d'ornements en rubis cabochons, brillants et roses.

170 — Une Boîte plate en forme de papillon en or émaillé, enrichie d'un rang de demi-perles et de six roses.

171 — Une Boîte rectangulaire, or de couleur, guilloché, gravé et ciselé, ornée au centre d'un bouquet avec entourage et chatons en brillants et roses sur fond d'émail gros bleu.

172 — Une Boîte rectangulaire en or de couleur guilloché, gravé et ciselé. Le dessus est orné du chiffre **A. E. R.** surmonté d'une couronne royale et de quatre chatons en brillants dans les angles.

173 — Boîte ovale de forme contournée, à charnières en or émaillé en plein, décorée de bouquets de fleurs en couleurs sur fond rouge et fond rosé, le dessus intérieurement et extérieurement, et le dessous sont ornés au centre d'un médaillon paysage.

174 — Tabatière or ciselé, travail imitant la vannerie pointée de roses.

175 — Un coffret argent doré et émaillé à ornements et filets de couleur : le dessus est orné au centre d'une grosse émeraude cabochon enrichie d'un bouquet incrusté en brillants, rubis et roses, et d'un triple entourage de brillants et rubis cabochons.

176 — Un Coffret argent doré et émaillé. Le dessus est orné d'un péridot enrichi d'un bouquet incrusté en rubis et roses et fixé dans un entourage ajouré en roses et orné de quatre rubis cabochons, montés à griffes.

177 — Une Tabatière rectangulaire en or avec médaillon ovale émaillé gros bleu enrichi du chiffre impérial en brillants et roses.

178 — Une Boîte rectangulaire à charnières, en or guilloché, ornée de guirlandes en or de couleur ciselé, offrant sur le dessus et le dessous des émaux peints représentant Bacchus et Ariane et Apollon et Daphné.

179 — Une Boîte ovale en or ciselé à sujets de chasse.

180 — Une Boîte de forme ovale contournée, en or émaillé en plein à l'intérieur et à l'extérieur; le dessus, le dessous et les côtés sont ornés de paysages-marines, bordure d'arabesques sur fond vert.

181 — Boîte ovale à charnière, en or émaillé gros bleu, à filets émaillés blanc et en couleurs. Le dessus est orné au centre d'un émail de Genève représentant un sujet allégorique. Travail français du temps de Louis XVI.

182 — Boîte en or, forme coquille à cannelures émaillées rose et bleu turquoise.

183 — Une Boîte plate rectangulaire or guilloché et émaillé. Le dessus est orné d'un émail peint : vue de Suisse.

184 — Boîte ronde or guilloché, émaillé violet; le dessus est orné d'une miniature : l'Éducation de l'Amour

185 — Boîte ovale en or émaillé fond vert. Le dessus est décoré d'un sujet représentant Télémaque dans l'île de Calypso.

186 — Une petite Tabatière plate en or de couleur, ciselée avec rosace et bordure de fleurs à relief.

187 — Boîte à cure-dents en émail bleu turquoise à filets blancs; le dessus est orné d'un sujet : Enfants jouant avec un mouton.

A PARIS

DES PRESSES DE D. JOUAUST

RUE SAINT-HONORÉ. 338

1882

Succession de Madame Veuve Marie BLANC

CARTE D'ENTRÉE

A L'EXPOSITION PARTICULIÈRE DU SAMEDI 4 MARS 1882

De 1 heure et demie à 5 heures et demie

HOTEL DROUOT, SALLE N° 3

BEAUX BIJOUX
BOITES ET TABATIÈRES

COMPOSANT LA NEUVIÈME VENTE

COMMISSAIRES-PRISEURS :

Mᵉ ESCRIBE	Mᵉ PAUL COUTURIER
Rue de Hanovre, 6	Boulevard des Italiens, 9

EXPERTS :

M. A. BLOCHE	M. CH. GEORGE
Rue Laffitte, 44	Rue Laffitte, 12

8391 — Imp. Jouaust.